L.O.L. SURPRISE!™

Novélisation : Catherine Kalengula.
Conception graphique : Claire Kocik.
Mise en pages : Clémentine Lemoine.

Hachette Livre, 58, rue Jean-Bleuzen, 92178 Vanves Cedex.

L.O.L. SURPRISE!™

Un dîner presque parfait

hachette
JEUNESSE

Block Party B.B.

Club New Kids

Block Party B.B. n'est peut-être pas la plus audacieuse des B.B., mais elle est sûrement l'une des plus gentilles et des plus timides.

Doggie Stardust

Club Glitterati

Le petit chien de Soldier Boy aime passer du temps chez Block Party B.B. D'ailleurs, celle-ci écoute toujours ses conseils avec attention !

Bashful Q.T.

Club Opposites

La voisine de Block Party B.B. se prend pour son ange gardien. Elle veille sur elle et serait prête à tout pour lui rendre service.

Strut

Club Glam

Strut est la reine du camping-car ! À bord du Glamper, elle parcourt le monde des L.O.L. et rencontre toujours plus de B.B.

Cozy Babe

Club Chill Out

Cozy Babe aime rester chez elle à ne rien faire. Mais ça ne l'empêche pas de répondre présente aux invitations de ses voisines.

Babe in the Woods

Club Chill Out

Babe in the Woods a un défaut : elle a très mauvais caractère ! Mais ça, elle ne l'avouera jamais, parce qu'elle est aussi hyper susceptible !

Prezzie

Club Sleepover

Cette B.B. farfelue est une adepte des soirées pyjama ! Elle pourrait jouer et papoter avec ses copines jusqu'au petit matin.

Avec ses grandes lunettes et son petit chignon sur la tête, Block Party B.B., du club New Kids, n'est pas la plus audacieuse des B.B. Elle n'est pas la plus intrépide non plus, ni la plus excentrique. En revanche, elle est sûrement l'une des plus gentilles et des plus timides.

Cela ne fait pas très longtemps qu'elle a emménagé dans son quartier. Chaque jour, elle croise des voisins qui lui disent bonjour. Mais Block Party B.B. est si gênée qu'elle ose à peine leur répondre. Pourtant, elle aimerait bien faire leur connaissance.

Seulement voilà, à chaque fois qu'elle s'imagine frapper à leur porte, son cœur s'emballe, ses jambes se mettent à trembler et elle se pose mille et une questions.

Que vont penser ses voisins ? Vont-ils l'aimer ? Ou alors la trouver complètement ridicule ?

Au secours !

Ce matin-là, elle n'arrête pas de soupirer dans sa cuisine.

– Ah, mon petit pirate, je n'y arriverai jamais ! se lamente-t-elle.

Elle s'adresse à l'un de ses voisins – enfin, d'une certaine manière. Un voisin trop mignon avec quatre pattes, un cache-œil en forme de cœur, une tenue pailletée et une bouille méga craquante. Ce petit chien,

Doggie Stardust, appartient à Soldier Boy, du club Storybook. Mais Block Party B.B. n'a jamais eu l'occasion de rencontrer le garçon… parce qu'elle s'enfuit dès qu'il apparaît !

– Je voudrais tellement me faire des amis, ici ! explique-t-elle au chiot, qui aime bien lui rendre visite. Mais je suis trop timide, tu comprends ! Qu'est-ce que je devrais faire, hein ? Tu as une idée ?

– Ouaf ! Ouaf ! Ouaf ! lui répond-il.

– Mouais, c'est une bonne piste, merci, acquiesce la B.B. Je vais y réfléchir.

Elle n'est pas très sûre d'avoir compris, mais elle ne voudrait surtout pas vexer son seul ami du quartier. Alors qu'elle lui tend un petit morceau de poulet, elle entend une voix.

Une B.B. la regarde par la fenêtre ouverte. Avec ses ailes d'ange et son air doux, comment pourrait-on la trouver terrifiante ? Pourtant, Block Party B.B. ne crierait pas plus fort si elle avait affaire à un horrible monstre poilu !

– Aaaah ! hurle-t-elle.

– Non, n'aie pas peur, lui dit l'inconnue. Je passais par là et j'ai entendu ce que tu disais. Aurais-tu besoin d'un ange gardien, par hasard ? Parce que si c'est le cas, je suis à ta disposition ! Je m'appelle Bashful Q.T. et j'habite au bout de la rue.

Même si c'est un peu bizarre de se prendre pour un ange gardien, Bashful Q.T. semble vraiment gentille. Alors Block Party B.B. l'invite à entrer. Mais une fois en face d'elle, elle n'arrive pas à parler. Et elle se trouve un peu ridicule de rester muette comme ça. Que risque-t-elle, au fond ? La réponse est : rien du tout ! Elle cherche une manière de lancer la conversation… Pas facile.

– Euh, tu… tu aimes les oignons frits ? demande-t-elle.

– Hum, pas trop, lui répond Bashful Q.T., avec un sourire.

Et Block Party B.B. rougit encore plus. Mais d'où lui est venue cette question saugrenue ? Aucune idée !

Block Party B.B. regarde tour à tour son ange gardien et Doggie Stardust, qui remue gentiment la queue, comme s'il attendait quelque chose. Ça lui donne une idée. Pourquoi n'y a-t-elle pas pensé avant ? Peut-être parce qu'elle n'a pas l'habitude de recevoir des invités…

– Quel… quelqu'un veut un petit truc à grignoter ? finit-elle par proposer.

– Ou… ouaf ! répond Doggie Stardust.

– Tu as entendu ? s'amuse Bashful Q.T. Il bredouille comme toi !

Et elle éclate de rire en même temps que Block Party B.B. Une fois calmée, celle-ci se sent un peu mieux. Elle arrive même à regarder son invitée dans les yeux, si, si ! Et à lui parler de son principal sujet de préoccupation : comment faire connaissance avec les autres habitants du quartier ?

– Et si tu organisais une petite fête ? suggère alors Bashful Q.T. On pourrait distribuer des invitations dans les boîtes aux lettres ? Avec un coupon-réponse ?

– Tu… tu crois ? doute Block Party B.B., qui n'a jamais organisé de fête de sa vie.

– Mais oui ! insiste son ange gardien. Je suis là pour t'aider ! Attends-moi là, j'arrive !

Hop, elle file chez elle et revient avec plusieurs petits cartons et des stylos pailletés. Puis les deux B.B. se mettent au travail. Le repas est prévu pour le samedi suivant. Mais auparavant, il y a un tas de choses à préparer : le menu, la musique, les animations, etc. Ce projet n'est-il pas trop ambitieux ? Peut-être. Block Party B.B. commence à paniquer.

– On pourrait man… manger des… des c…, puis des p…, bégaie-t-elle. Et en dessert, une b… b…

– T'inquiète ! l'interrompt Bashful Q.T., en agitant ses ailes

avec un air déterminé. Je m'occupe de tout ! Allez, je file, à samedi après-midi !

Sur le pas de la porte, elle murmure sans se retourner :

– Au fait, je suis trop contente d'être ton ange gardien.

Un petit battement d'ailes, et la voilà partie…

Oh là là, comment les jours peuvent-ils filer aussi vite ? Aujourd'hui, on est samedi, et Block Party B.B. est stressée comme jamais. Elle a reçu quatre réponses positives. Les dénommées Strut, Babe in the Woods, Cozy Babe et Prezzie lui ont écrit qu'elles viendraient. Sauf que, bien sûr, la B.B. ne les connaît pas ! Et si jamais elles s'ennuient ? Ou si elles n'aiment pas le repas ? Qu'elles détestent la musique, les animations ? Rien que d'y penser, la B.B. est au bord de l'évanouissement. Elle arpente sa cuisine, en attendant Bashful Q.T.

– Ah, mon petit pirate ! se désespère-t-elle. Est-ce que tu

aimes la décoration de la table, toi ?

Doggie Stardust aboie avec enthousiasme. Soudain, la porte s'ouvre, et Bashful Q.T. apparaît, les bras chargés de sacs.

– Ton ange gardien est làààà ! chante-t-elle à tue-tête.

Block Party B.B. est très heureuse de la retrouver... jusqu'à ce que Bashful Q.T. déballe ses victuailles. Une énorme dinde, des pommes de terre, et un tas d'ingrédients pâtissiers, comme du chocolat, du beurre, de la farine, etc.

– Mais qu'est-ce qu'on va faire de ça ? s'affole Block Party B.B.

– Tu ne m'as pas dit que tu voulais des cuisses de dinde, des pommes de terre, et un dessert au chocolat ? demande Bashful Q.T., confuse.

– Non, c'étaient des crudités, des pizzas, et une boîte de biscuits, précise son amie. Que des plats préparés, parce que je ne sais pas cuisiner !

La pauvre Bashful Q.T. ne sait plus où se mettre…

Block Party B.B. jette un coup d'œil à sa pendule. Trois heures, il lui reste seulement trois heures pour concocter un dîner complet ! Face à elle, Bashful Q.T. baisse les ailes avec un air penaud.

– Oh, je crois que je suis vraiment nulle comme ange gardien, se désole-t-elle.

– Mais… mais non, c'est ma… ma faute, balbutie Block Party B.B. J'ai ba… bafouillé.

Et ça recommence, on dirait ! La panique lui fait perdre tous ses moyens. De son côté, Doggie Stardust va renifler le téléphone de son amie, posé sur la table. Puis il aboie avec insistance, comme s'il cherchait à lui dire quelque chose.

– Ouaf, ouaf, ouaaaf !

Block Party B.B. écarquille les yeux.

– Mais oui, tu as raison, mon petit pirate ! On n'a qu'à chercher des recettes sur Internet ! Tu es trop génial ! (Elle se tourne vers Bashful Q.T.) À deux, on devrait y arriver !

– Ça veut dire que je suis toujours ton ange gardien ? demande celle-ci, pleine d'espoir.

– Plus que jamais ! lui assure Block Party B.B.

Au menu, ce sera : dinde coupée en morceaux et dorée au four, purée de pommes de terre et bûche au chocolat. Les apprenties cuisinières travaillent d'arrache-pied… Quelque temps plus tard, la purée est prête, la dinde rôtit tranquillement, et les deux B.B. unissent leurs forces pour confectionner la bûche. Quand soudain,

Doggie Stardust se met à aboyer. Les invitées sont là, avec pas moins d'une heure d'avance !

– Quoi ? s'écrie Block Party B.B., complètement affolée. Mais je ne suis pas prête, moi !

– Tout va très bien se passer, lui assure Bashful Q.T. Et n'oublie pas que ton ange gardien est là !

Block Party B.B. prend une profonde inspiration, puis elle va ouvrir la porte, le cœur battant.

– Bien… bienvenue, souffle-t-elle, écarlate.

Une B.B. vêtue d'une ravissante robe rose et noire se présente la première.

– Bonjour, je m'appelle Strut ! Je campais avec mon Glamper dans le quartier quand j'ai trouvé ton invitation, juste devant mes roues. C'est super sympa de ta part, merci !

Block Party B.B. ne comprend pas. Elle a pourtant glissé tous les cartons dans les boîtes aux lettres… sauf un. Celui qu'elle a jeté en l'air, lorsque l'une de ses voisines est venue lui demander ce qu'elle faisait d'un ton sec. Ça doit être cette invitation que Strut a trouvée par terre. Justement, la voisine à l'air bourru est la deuxième B.B. à s'avancer.

Block Party B.B. la reconnaît : elle porte un combi-short à carreaux, assorti au gros nœud rouge dans ses cheveux.

Et elle n'a pas l'air contente du tout !

– Salut. Moi, c'est Babe in The Woods, lâche-t-elle, en la regardant droit dans les yeux. Dis, pourquoi tu as fui en me voyant, l'autre jour ? Je sentais mauvais ou quoi ? Ou bien tu n'aimes pas les nœuds rouges, c'est ça ? Heureusement que

Cozy Babe m'a parlé de ta fête ! Dis, pourquoi je n'ai pas eu de carton ?

– Euh..., bredouille Block Party B.B. Non, non, pas du tout !

– Non, quoi ? l'interroge Babe in the Woods. Je ne sentais pas le vieux fromage, tu n'as rien contre les nœuds rouges, ou tu ne voulais pas m'inviter ?

À présent, Block Party B.B. n'arrive même plus à parler.

Par chance, une autre B.B. avec un nœud rose intervient.

– Rôôô, laisse-la tranquille, tu vois bien qu'elle est timide, déclare-t-elle avec douceur. Moi, je suis Cozy Babe. Enchantée de faire ta connaissance !

La dernière à se présenter ressemblerait presque à un magnifique cadeau de Noël, tout scintillant avec des nœuds dorés.

– Et moi, alors ? lance-t-elle. On m'oublie ? Je suis Prezzie ! Mais tout le monde m'appelle Prezzie.

Block Party B.B. et Bashful Q.T. échangent un regard interloqué. Toutes deux pensent la même chose : en quoi Prezzie est-il différent de Prezzie ? Peu importe. Ce qui compte, c'est de bien accueillir leurs convives.

Alors Block Party B.B. prend son courage à deux

mains pour les guider jusqu'à la table. Jusqu'ici, tout se passe (à peu près) bien…

Mais une fois tout le monde assis, un silence embarrassant s'installe. Block Party B.B. aimerait lancer la conversation. Désespérée, elle regarde Bashful Q.T., qui semble recevoir son S.O.S.

– Quelqu'un aime les oignons frits ? demande celle-ci à la ronde. Tête surprise des convives.

– Pourquoi ? s'agace Babe in the Woods. Je sens l'oignon frit, c'est ça ?

À cet instant, Block Party B.B. n'a plus qu'une envie : plonger sous la table et y rester pour toute la vie ! Comme ça ne se fait pas d'abandonner ses invitées, elle cherche une autre idée. Et soudain, elle repense aux animations qu'elle a prévues avec Bashful Q.T.

Block Party B.B. se lève pour aller chercher des petits papiers autocollants.

– Ça vous dirait de jouer à un jeu, avant de manger ? propose-t-elle.

Strut, Cozy Babe et Prezzie hochent la tête avec joie, contrairement à Babe in the Woods.

– C'est quoi comme jeu ? se méfie-t-elle, sourcils froncés.

– On... Enfin, il... il faut..., se remet à bredouiller Block Party B.B.

Bashful Q.T. arrive à la rescousse.

– T'inquiète, ton ange gardien est là ! chante-t-elle.

Elle se charge d'expliquer les règles du jeu : on colle un morceau de papier sur le front d'une B.B., qui doit deviner ce qui est écrit dessus. Prezzie est la première à vouloir jouer.

Lorsque Block Party B.B. découvre le nom inscrit par Bashful Q.T., elle écarquille les yeux, affolée. Elle voudrait pouvoir le changer, mais il est trop tard. Elle a comme un mauvais pressentiment, là…

– Est-ce que je fais partie des invitées ? demande Prezzie.

– Oui, lui répond Bashful Q.T., en pouffant.

Prezzie réfléchit.

– Est-ce que j'ai un petit surnom, genre Prezzie ?

– Non, non, lui indique l'ange gardien, en riant. Ce n'est pas toi !

– Est-ce que je ronchonne tout le temps ? l'interroge alors Prezzie.

Bashful Q.T. applaudit bien fort des ailes.

– En plein dans le mille ! confirme-t-elle.

– Je suis… Babe in The Woods ! clame Prezzie.

Malaise autour de la table. Devant le regard mécontent de l'intéressée, les invitées se retiennent de rigoler. Strut se masque le visage avec sa serviette, mais ses éclats de rire étouffés s'entendent quand même. Ce qui a le don d'agacer encore plus Babe in The Woods.

– D'abord, je ne ronchonne pas tout le temps, râle-t-elle. Parfois, il m'arrive même de sourire.

– Hum, j'ai l'impression que ça sent le brûlé, fait remarquer Cozy Babe.

– Je ne sens ni l'oignon ni le brûlé, OK ? s'énerve Babe in The Woods, les bras croisés. Ce soir, j'ai même mis du parfum à la rose ! Pourquoi vous n'arrêtez pas de dire que je sens mauvais ?

Soudain, Block Party B.B. aperçoit de la fumée. Oh non, ça vient du four !

Vite, Block Party B.B. se rue vers le four avec Bashful Q.T. Trop tard ! Les morceaux de dinde sont complètement carbonisés ! Pour Block Party B.B., c'est la pire chose qui pouvait arriver. D'abord, le jeu qui vire à la catastrophe. Et maintenant,

le repas brûlé ! Ses invitées vont vraiment regretter d'être venues...

Le plat dans les mains, elle verse une grosse larme de désespoir. Bashful Q.T. pose une main sur son épaule.

– T'inquiète, ton ange gardien est là ! chante-t-elle. Je vais sauver ta fête !

La voilà qui s'empresse d'aller chercher la casserole de purée… et qui trébuche sur Doggie Stardust.

Résultat : la purée se répand sur le sol.

C'est le petit chien qui est content ! Il semble beaucoup aimer ce plat.

– Au moins, il y en a un qui aura apprécié mon dîner, commente Block Party B.B., avec un énorme soupir.

– Je sais ! s'exclame Bashful Q.T. Il reste la bûche !

Sauf que les deux apprenties cuisinières n'ont pas eu le temps de la terminer. Pour l'instant, elle ressemble plutôt à une espèce de mixture coulante au chocolat. Pour Block Party B.B., c'est la fin. Elle s'attend à voir ses invitées s'en aller. Et elle les comprendrait, oh, ça, oui ! Mais soudain, Babe in the Woods éclate de rire. Sa réaction est si étrange et si surprenante que les autres la regardent, bouche bée. Sont-elles en train de rêver ?

– Oh oh oh ! Ah ah ah ! Oh oh oh ! Hi hi hi !

Elle s'esclaffe tellement qu'elle en pleure. Personne ne sait pourquoi elle rit de cette façon, ce qui n'empêche pas les autres de rire aussi. Cependant, Block Party B.B. a du mal à se réjouir. Tout ça, c'est bien joli, mais un dîner sans rien à manger, ce n'est pas vraiment un dîner, si ?

Devant son air contrarié, Bashful Q.T. agite les ailes.

– T'inquiète, ton ange gardien est là pour toi ! chantonne-t-elle une nouvelle fois.

– Tu peux faire apparaître un dîner par magie, peut-être ?

lui demande gentiment Block Party B.B.

Bashful Q.T. attrape son téléphone.

– Non, mais je peux le commander !

Cette fois, c'est au tour de Block Party B.B. d'éclater de rire. Le repas ne tarde pas à arriver, à la plus grande joie de tous. Babe in the Woods continue de ronchonner, mais ça n'effraie plus Block Party B.B. On a tous le droit d'être comme on est, après tout !

Quand la soirée se termine, les voisines se promettent d'organiser très vite un autre dîner.

— Merci pour tout, dit Block Party B.B. à Bashful Q.T.

— Avec plaisir ! lui répond celle-ci. Les anges gardiens sont là pour ça !

Oui, on a tous le droit d'être comme on est. Et même de se prendre pour un ange gardien, si ça nous plaît...

Fin

L.O.L. SURPRISE!™

As-tu lu les premiers tomes ?

Table

PAPIER À BASE DE
FIBRES CERTIFIÉES

hachette s'engage pour l'environnement en réduisant l'empreinte carbone de ses livres. Celle de cet exemplaire est de :
200 g éq. CO_2
Rendez-vous sur
www.hachette-durable.fr

Photogravure Nord Compo - Villeneuve-d'Ascq

Imprimé par Rotolito Romania en Roumanie
Dépôt légal : janvier 2021
Achevé d'imprimer : décembre 2020
62.7051.7/01 – ISBN 978-2-01-713099-4
Loi n° 49956 du 16 juillet 1949
sur les publications destinées à la jeunesse